夜を着こなせたなら

山階基

i

ii

iii

天気雨

頰に雨あたりはじめる風のなか生きているのに慣れるのはいつ

もう取っておいても仕方ないけれど総入れ替えの春の台割

水たまりきらきら避けるやせ猫はやせ猫を追いかけて飛びつく

ゆるやかにのぼれば川のあるような芝生の坂をくる子供たち

わたしたちどちらが椅子か机かを手は使わないけんかで決める

冷蔵庫とぼしい夜のあかるさを透かす牛乳パックの水位

食パンの焦げたところを削るにはこそばゆい音たてるほかなく

夏に秋ふかく差し込む曇り日の川面はアルミホイルのように

ふりむけば印のごとし天井のふたをしきれぬ器もきみも

才能はなぜ生かさねばならないのほこりのような小さな羽虫

満月よありがとうから消えていく言葉にしてもしなければなお

めげそうな夜はバンドを組むだろうわたしはドラムあなたは叩く

オムレツを食べ終え悩みくしゃくしゃになる髪の毛はバターの匂い

秋の霧まつわる傘をまわすのは愛のごまかしきれないすべて

冷えきったあばらにうすく印を烙くように聴診器はいくたびも

金木犀こぼれて雨に浮きながら並べることのない死に顔よ

おどろくと風邪をひくのは秋だから枯葉のように喉を鳴らして

かいつぶり水をひたすら蹴るさまをばねのごとくに胸へおさめる

湯の上に本をささえる指は冷え秋に交わせば冬の約束

すいかと煙草

音楽は鳴り終えている起き抜けのぼやけた窓を雨はくすぐる

大ぶりなポストに缶を並べたら夜風にやられそうなパーティー

泣きながら打ち明けるときねこじゃらし引き抜くような手ごたえがくる

幼いきみはわたしのあとを夢らしく餃子、餃子と呼びながら追う

もらったら返せないのが名前だねXのかたちにストレッチ

二の腕にすいかのラベル貼られたら剝がさぬようにかじるすいかよ

怒りから怒りを漉いていくみたい手延べそうめん水にくぐらす

いれてみたコーヒーに胃はやられても午後のこころはぱかぱかとして

壁に床にちぎれたひかり散らかしてミラーボールは寝相がわるい

してくれる無口な人のものまねを熱くふちどるあなたの慕情

チョロQはきつく助走をしたあとにブレーキがないことに気づいた

座椅子からいつもはみ出すくるぶしにちいさな蜘蛛をあそばせてもね

秋晴れにはさみこまれる曇天は背伸びするときへそに擦り寄る

向きを変えた磁石たがいにすがりつくわたしの嘘がわたしにばれる

トイレットペーパーダブル12ロール両手に踊るばかりの夜道

焼きそばをごっそり持ち上げる箸よきみは食品サンプルになれ

やわらかくなれば背中のねじを巻く口にくわえた電球が点く

皿を置くときみは煙草をやめていた秋にしばらくそのままの皿

アルプスいちまんじゃくの手と手とは思いもしない速さにいたる

コピー機のためにお金をくずしたら涼しい夜はおでんのがんも

背泳ぎ

すすぐため空けるグラスをばらばらと氷は捨てた感じがしない

あさやけパンは朝焼けのパン朝焼けの味をわたしはわからないけど

ねむそうにぐずる今年はまたぐときどんな寝顔をしているだろう

共食いになればとうてい食べきれず膝をかかえるねぶり箸かな

折り返し地点の旗はこうでなきゃ、ね。冷やめしに梅干しひとつ

もうすこしわたしは海を見ていたい指にりんごの蠟すべらせて

まずもって新幹線が速いのは逃げるためではなかったですか

横にしたキャリーケースを巣のようにへこませながらねむたい子供

空想に舐める碁石は歯にあたるないものだからねだるのだけど

持つほうを上にして立つカトラリー空くじなしのくじ引きになる

冬の粥とろとろと炊く青い火のようにわたしをねむらせやまぬ

背泳ぎの不思議をいまも忘れそう天井の色をながめて浮かぶ

塗りたての匂いのなかに一生のおまけのような玄関のドア

荷ほどきと荷造りの間を生きている夜はガムテープが剝がれてひらく

米の絹まとえば海老はつやつやとリトル・ハノイはかれらのハノイ

菜箸の取り替えどきはわからない今度いつかの約束のよう

さする手は背中の熱にあたたまる泣きやませたい気持ちおさまれ

そばつゆにねぎあふれさす人生は何度あってもいまだけがいま

歩きだすほかない夜のくちびるをかぐために塗るリップクリーム

きみの胸まくらにすれば心音は数えるほどに増えていくから

水にきしむ氷よときにうながすと追い詰めるとはあまりにも似て

ひとつまちがえばすねまで濡れるけど飛び石のように調子のいい日

わたしを覚えておいてね食パンの留め具にゆるく指を咬ませる

牛乳を買うと寄り道できなくなる星の数よりすくない星座

せーので

枝先をすこしかすめてドアは閉じエレベーターに散る小手毬よ

ちゃん付けをためらうきみと茶化しあうように短い通話を終える

拭きあげた床にうつ伏せ勘のいい風はすきまを見つけておいで

恋人は恋人でなくなりながらおちゃらけている写真の浜辺

欠けている歯をなおしたら舌先のあたるそこだけやや頼もしい

きみもしてくれそうだから遠くからゆらゆら振ってみるサイリウム

疫病のふちどる暮らしいつ死ぬかわからないのはいつもでしたが

さびしさはあればあるだけ紙吹雪みんなかわいい元恋人よ

もらったのぜんぶ捨てたというきみのナイスポーズの写真を消さず

客のあるつかのまの部屋おみやげのざぼんは膝に抱えるために

失恋を話しだしたらはりせんを構えるような顔をするばか

うまいもん食べよるときに笑わんと表情筋がもったいないわ

音楽はひとりになると聴こえだす二度とは月に合わないピント

しでかしてきたこと乗せてころ付きの椅子は床ならどこまでもゆく

ありとある祈りの型にすこしずつ似たあと水に流すせっけん

夢に出たわたしのことをきかされる未知の通貨の出演料よ

ほろ酔いになるのは飲める人ばかりマスクの上に黒目は揺れる

灯の消えた神社の鳥居くぐるとき忘れるように手を握られる

心臓は胸ごしにある耳に耳貸しあうような打ち明け話

空になるまでをすっかり忘れても花さしとけば花瓶だからね

マッチングアプリセーのでやめるときぼくの画面に降ってきた指

ハッカ油を手首に垂らす花曇り会わないことはあなたを守る

とれかけた乳歯のようにある勇気かばいながらもこの日々を噛む

ほこりっぽい箱のクリーム荒れてきた手にぬれば手はお菓子のにおい

いくつかはあなたに骨をうずめたいぶつからぬようへそのあたりに

水の壜たおしたような花冷えのうすいねむりを引き抜く手品

たばこの害が箱いちめんを覆う日のあなたはあいまいに笑いなよ

アスファルト雨に濡れるとアスファルト濡れているのを話したくなる

吹き戻しくわえさせたら吹くだろう唇のうすさをすこし歪めて

夢の浜

銀紙は光りものですポケットにいれっぱなしにしないでください

手に乗せてナイフをいれる十六夜の月の匂いは梨だと思う

起きてくるあなたの肩に散りかけた地味な花火のような歯形よ

煮るうちに変わってしまう雰囲気にさびしくて台所まで呼ぶ

ややあって夜の洗濯機は止まりつんのめったように脱水へ

くるぶしを波にまかせている夢の浜はあなたと来たことがない

絶対に今日だって言う歯みがき粉こぼれた口の端をぬぐって

ふくらんだ羽根布団から抜けたがる羽根をつまめばきりのない夜

冬晴れが似合う第一印象をすべて失くしたあとの街には

朝焼けにどうするつもりなのですか朝焼けにどうするつもりなの

来た道をほとんど勘でさかのぼるあいだに減っていく窓あかり

エアコンは夜風のように鳴りながらあなたの部屋をあたためている

塗りつぶすばかりが塗り絵ではなくて恋人とする恋人ごっこ

あいまいにふるう毛布はためこんだほこりを冬の午後にふりまく

約束は輪をかけて

笑みながら息つくきみの嘘は橋ひとたびきみを渡せば朽ちる

正論は積み上がるほどきれいだねくずれてもなおジェンガのように

貸した本だけは返しに来るというがらすのような律儀にふれる

木の椅子を部屋にもほしくなるように好きになるなよ人間のこと

いま泣いて泣いてほどけていく顔を夜にひらいた窓は映さず

知りえない仕掛けがきみを連れてきた串を離れるレバーよハツよ

食べ終えたあとしばらくを拭きながらめがねをかける理由はいくつ

ターンテーブル

はじめてのかまきり袖に乗せながら秋へかたむく木洩れ陽のなか

風弱る午後のなかばにあらわれるテニスコートを遠く近く見る

回すほどかすれるぼろい円卓に中華料理のつやめく夜は

セーターを脱いだら汗はひくだろう膝にある指にぎりきれない

胸の木にまるめろの咲く夜がありあなたに会うと背が伸びている

紙袋をしばらくあごに支えればやっとつまめるほどの月だよ

ほころびるならばどこから昼の湯はらっこのように髪をあそばす

サムハウ

湯気さらう風のさなかにできたてのスープを撮ればスープは遺影

封筒に新型コロナウイルスと書いてしばらくながめる文字よ

すきまなく筋肉痛を身にまとい苦悩は袖を通せないまま

コンタクトレンズを剝がしそこねても指は道具の最愛だから

人生の車体にかすり傷をつけきらめくばかり銀貨や銅貨

劇中歌あばらの底に焚き染めて喉をあふれたところは朽ちる

うつ伏せに東京へ頬を寄せているミモザの枝はくたびれながら

散歩と地獄

花曇りを遠く歩いてきみにない語彙だったのにあげてしまった

手紙だけ持って車に轢かれたら手からそのまま消えてほしい

それらしい地獄のはなし聞くうちにきみと落ち合えそうな池がある

ない傘の代わりに脱いだジャケットは髪を額を濡らしはしない

たんぽぽの綿毛に傘の先を刺す咳するように綿毛は欠ける

マスクをとって写真を撮って暮れがたの川を背にした流れ解散

また過去は夢に塗り込められながら夜ごと燃え広がるジャスミンよ

画面にはきみが時おり口ごもる虹の端切れをほおばるように

ぬるい風死後は花咲く路地を抜けこのカーテンをながめるだろう
だれのためでもない息よバインミー☆サンドイッチに口ふさがれて

浅い朝

夕焼けを引き留めそびれみずうみは深まるように色を失くした

水鳥は鳴いているのにこたえられず蛙のギロを窓辺にこする

箱眼鏡のようにグラスへうつむいてパフェは垂直に突き崩すまで

レット・イット・ビーの手回しオルゴールがちゃがちゃさせる春の中央

あなたにも吹いてもらった息がまた打てば紙風船から抜ける

笑ったら泣きそうになる起き抜けに懐かしいけど生きるしかない

揺れるピアスと揺れないピアスいつまでも視界の端に浮いている浮標《ブイ》

春の闇から汲み上げて

しばらくは時計の針が鳴っている風にあばれる髪をなおせば

服んだきり途切れるくしゃみはるばると春の呼吸はひからびさせて

ドラマからまとめなおしてある映画あった場面となかった場面

銀幕よ告げることばがひとつずつ愛の道具になりさがるまで

揚げものに添えられている塩胡椒を使い切らなくてもいいなんて

目の奥はしばしあかるむ炒り豆に怒りが花を咲かせるように

布団まで重くてきみのアレクサにいい音楽をちょうだいと言う

静電気ぼくによく似たばかによる並行世界からの目くばせ

マニキュアは元気のように剝がれだす壁のきれいな廃屋だから
こたえつつきみの切れない包丁に肩のちからを重ねあぐねる
閉じる戸のさきにまどろむ逆光のわたしにゆるく手を振りながら

木蓮は真夜中にだけあらわれる痩軀を常夜灯に明かして

ストップ・アンド・ゴー

とめどない咳のすがたに白昼を燃えているのよ揺らぐ頭は

腕時計のあるべき位置に指をおき知っていることをすべて話した

三年は三枚となるレントゲンの肺よきれいな空き地のままに

手花火を頭のうろに差し入れて散らす火花のカフェインがくる

頸に指あてれば絞まる暮れがたのシャワーヘッドは湯を喀きやまず

はやりには流されずまた息を病む春のあたりに季節はたわむ

耳に掛かるまでときおりの視界にはくらげのようによぎる前髪

iii

逃げ水の涸れないうちに

とれていたボタンをつけて八月は物干月と呼ばせてほしい

酒蒸しのあさりのなかに嚙む海の砂はあたりもはずれもなくて

助手らしいことは座席にねむるだけ目を覚ましたら唄いだすだけ

横たわる岩にあずけた背中から縫われるような熱のひたむき

食べさしのサンドイッチはひといきに皿にこぼれたパンくずさらう

海に沿うほかない町よ砂浜はつまさきを埋めかかとを埋めて

脱ぐことをあきらめ膝のあたりまで満ち潮にまだふふませている

とけていく氷の甘さ出したとて舌の長さはあなたに負ける

薄闇にくずれつづけるのが海よいま息継ぎを終える灯台

出会したちいさな花火大会のほとりに停まる夜のしばらく

スリッパを引きずる音をよろこんでくらくあかるく廊下は進む

へたなりに卓球台をぴんぽんと跳ねればやたらはだける浴衣

やがて湯にひどく懐いていた髪もかわきはじめてかわきたくなる

布団から出た片足は届かない距離を叫んでいる声だから

正体のわからないけものに似せた遊具のばねを暑さに揺らす

湯気あふれ底の見えないかけそばのお碗のへりを歩きましょうよ

枯れてなお春の釘付け吊るされた壁のあたりをミモザは燃やす

五種類あるえびせんべいを袋からつまむ五種類に急かされながら

どこからか焚かれた蚊取線香のけむりは人を引きずりおろす

尾を垂らし虎はこころにあらわれるあれから痩せも太りもせずに

ばらばらになっても夏よ食べられる木の実を柄にした大皿よ

ねむらないのに目は閉じて沈みこむ午後にひらけるシーツの沼地

とねりこの蔭を抜ければ襟足に添えられている夏のてのひら

振り付けは思いつくまま夜の端を流れる川のほとりに踊る

過去はある手花火のから突き刺したバケツにぬるい水をさぐれば

伸べた手に飛びついてくるやもりの子かなえばこわい望みはこわい

あごに歯のぐらつくさまは染み付いて夢にいくたび奥歯をつまむ

夜を着こなせたなら

いちどきりピアスは耳を突き抜ける別の星から呼ばれるように

あおむけのはだけた胸に足跡を散らしてよぎる真冬の群れは

こころから吹き込む雪の夜だからペチカ燃えろよ記憶を焼べて

牛乳のラベルにふっと年を越す消費期限をたすきにかける

指の糸をほしがりながら揺らぐたび凧のかなたに遠のく凧よ

冬曇るめがねをはずし眼をはずしねむることなくおびえていたい

青い火にすこしほころぶ夕暮れのおでんの鍋は具を呼んでいる

とけのこる入浴剤はつまさきを刺すようにくずれる何の骨

さざんかは雪の視界にねじこまれ生まれることに理由はいらない

たやすさを指と指とに塗りこめるアルコール製剤さようなら

テーブルの暗がりがちぎれたような猫のほうから撫でられにくる

缶に焚く夜の枝葉をこぼれだす火の粉のこころもとなさを見て

ともしびに沈みはじめる桟橋は船をはなれて素顔にもどる

はりぼてのソフトクリーム雪まみれ罪滅ぼしのひとつやふたつ

幽霊も雪には跡をつけたがる潮どきはもう過ぎてひさしく

紙屑をバスタオルからふりはらいふりはらい愛に完成はない

くくるとき髪は不思議に思うだろうかたむく月に月の重力

身ぐるみを剝がされてなお出所のわからない歌ばかりききたい

金継ぎよ皿のくずれた肉塊をつまみあげては生むゾンビーよ

また同じ夢をよぎれば春雨のおもてに傘はいくつひらいて

最初からそれではもたないといわれ川もわたしを好きだと思う

たこ焼きを食べきり軽くなる舟を浮かべるように押しやりながら

オルゴールの螺子かたくなに葉桜は人を正気へ狂わせていく

寝たふりをしたことがない東京の空をへだてて満天の星
剝げかけた青の針金ハンガーはシャツの気配をのこして揺れる
まなざしは鏡の奥へ振り返るまぎわわたしを統べたがるけど

夜の底をさらえる風よ流星のスパンコールは胸にふるえて

迷うたびに秋は

サーカスのテントが連れてきたような空き地の芝生すそを濡らして

胸の釘ふたり暮らしの看板をはずしたあとに掛かるのはなに

アーモンドフィッシュを皿にざらざらとおいで心にならない心

覚めぎわの耳はするどくこの世から糸をとっては夢を繕う

染みていくインクのように暮らしたい小さな川の流れる地図に

海老の尾をくわえ見ていた天つゆに油が油を押しのけるのを

受話器には火薬の匂い細くしてもう二度とない花火大会

ぶらつけば町はわたしに住みたがる万能ねぎの万能きざす

夕暮れをひらく大きな窓がらす首のうしろに涙はたまる

番台に小銭ならべてよく冷えた壜にざらりと刷られた牛よ

伸びきったカセットテープ巻きなおし胸に挿したら記憶はもどる

封筒を傾げて鍵はすべりだすほら死に場所はお金で借りた

レンタカーいっぱいの箱その隙に小さくたたみわたしを載せる

ひとつかみフォークを置けば卓上の計画都市は崩れはじめる

なにもない部屋にもねむるヨガマットを床にひろげて一枚の夜

曇り日は光とぼしい長回し生きるほかには賭けごとをせず

マニキュアをのせて冷えきる爪の肌かなわない約束をかすめる

感情はつららのように太らせて白い車窓に近づける耳

ハンカチを忘れた朝の国道に背をさすられるように泣きだす

数えれば二枚の窓を隔てるだけ冬の空気にふくれる月よ

提げてきた灯りぼやけるトンネルの二十代ってほんとに抜ける

からしマヨネーズのようなカーディガン仕事の椅子に掛けてから着る

だけどまだ旅先のよう汲んである水はどのあたりから腐るの

楽器なら鳴らす気持ちは胸に置きせりあがる夜の寒さをねむる

ときに季節に刃向かうようにしつらえた木の皿土の皿石の皿

しろがねのファーストピアスよりはやく滅びる耳よ穴を残して

ファンタスマゴリー

流氷よ試聴機を押すとあふれるノイズ・キャンセリングのさなかに

金属のボウルは水をたわませて夢なら醒めるねむりのゆめは

夜ふかしのない冬の一本橋よこころは夜に染み付いている

アルコール指には傷があることを粗く告げたら乾いてしまう

ほんとうはいつでもかけていいマスクだけれど染井吉野みたいね

髪留めのゴムはいよいよ伸びあぐねわたしは生きているときに死ぬ

あばらを風は吹き抜けながら遠因と呼ぶには親しすぎる二月よ

眼鏡にはむしろわたしが似合いたい昼寝のあたま吊り上げながら

魚をえさに真昼のひかりおびき寄せエントランスに水槽がある

白黒の写真に並ぶからあげは岩場だよもう行っておいでよ

ともだちとお酒を飲めば起き抜けの肝臓に言葉がつっかえている

炭酸を吐きっぱなしの炭酸水もとの暮らしが戻るってなに

白めしと漬け物を食べお茶碗とお箸をかじりおしまいにせよ

モルタルの冷えきる壁にうすあかるく投影された記憶をさする

届いたら手紙は迷路くぐりきるまでが返事になるともなしに

もうどこにできていたのかわからない七年ぶりのちいさな虫歯

ショートカット・キーを忘れることのない指先にまで春はまつわる

なぜ猫を人間などになぞらえる風の暮らしもできないくせに

冷まそうとすぼめる息は吹き込んで火をひるませるカセットこんろ

夜歩くわたしは住んでいた窓に揺れるあかりの幽霊みたい

食卓に麻のクロスをかけるように涙はのどをせり上がるから

視界から広場はあふれぼんやりと過ごせば待っていたことになる

消火器の火は点ひとつ欠けているまばたきながら凭れる壁に

夜桜はぎりぎりの結い川風にひかれて枝をほどけるばかり

カラオケのぶあつい本を思い出す膝にかばんを預かるうちに

ベンチから歩きたくなる花冷えにけれどこころは焚べないでいて

玄関を閉じれば暗くなる三和土きみは胡椒の匂いをさせて

かけがえのないものだから失くすのに木彫りの沼に木彫りのみぎわ

問われたら真冬に一度したきりの焚き火が好きと力はこもる

ペーパー・ムーン

ひとまわり季節をねむる上着からこぼれて落ちる銀紙の星

遠い日の首に捺された痣のことどんなしるしと思えばいいの

拭きあげた未明の床になつく足よ大鬼蓮を踏むこともなく

遠い星を円天井に巣くわせて初夏をくりぬく夜の贋作

伝説は語られるのみ星と星をむすびはるかにほつれる糸よ

展望階をエレベーターは離れながらきみが天上をまた懐かしむ

川風のほぐす髪からそらせずにできそこないのダゲレオ・タイプ

東京に大きな川がなかったらかなぐり捨てたはずの未来は

さっきまで見下ろしていた鉄橋を列車が過ぎる時間をかけて

土砂降りのあとに晴れるとばかみたいきれいな椅子を探して座る

この岸にただ遠雷を待つと言うただ待つと言うかすれて青く

暮れまぎれ好きになったらひとすじの星はまばゆい尾を曳いて降る

アトピーの薬きらきら街灯をはじきかえして合図に変わる

あきらめた花火を口にしてみたら火ならいつでも点けてあげるよ

顔が好きしびれるための花椒はミルが空転するまでを挽く

きみを乗せねむりの舟はすべりだす水押にひまわりを寄せ掛けて

歩いたねスープにゆらぐ冬瓜の鈍くおさめるひかりのなかを

ライターとちいさな煙草きみが巣をこさえたように散らかる机

明けがたに浮く痩せた月ない夢は奪われないと肩で息する

呼ばれたらこたえてしまう食べるだけちぎる大葉がまた増えている

ぼろぼろになった倫理をかぶせあいやぶれた穴に星が見えるよ

あとはどう皿を見事に汚すのかサウザンド・アイランド・ドレッシング

夏風邪よ生きているのがおまけなら花やら灰をすきまに詰めて

べたなぎにしおれる旗は櫂として炎天をいま湖水のように

いつかなつかしいだろうかどくだみの林のへりに暮らすしばらく

起き抜けの桃をシンクにすするとき肘をくすぐる流れはやまず

だけどいてほしい牛乳寒天をくずして白く濡れている匙

しどけなく紙の箱まで熱をもつ暮れがたの部屋に風を呼び込む

忘れながら数えながら

ゆうはんはポテトチップス一袋つまんで歩く月をひだりに

ミモザから金木犀のあいだにはなにもなかったなにもなかった

炒飯のごはんをたたく想像は駅のホームにはじまっている

さびしさがことときれるのを待ちながら川の写真はきみから届く

こころの胃からっぽにして炒めたら生身の胃にはおさまりきらず

生きてきていちばん長い髪の毛を仮眠《いねむり》のあとひたすらに揉む

アボカドの種をひねるとあらわれる雨なら池になりそうなくぼ

呼ぶ声にしたがうように秋を待たず麦茶をみんな淹れてしまった

かけたてのパーマの匂い降りしきるさなかを歩く異郷のように

場所をとることにお金を払うのよ目印にレモネードを置いて

なにひとつ願わずにいた背泳ぎの岸に頭をぶつけるまでを

どの穴を留めてもだめな腕時計でもきみだけはきみをゆるせよ

ハムカツにしょうゆを垂らす舌にもうざっくりとした食感がくる

火にかけてちからのこもる琺瑯はかすかな傷がまたできている

生きかたはひとつではない生きかたはひとつしかない箸置きの鳥

暗がりを握りかえせばおやすみの命令形は風にくずれて

起き抜けの顔をぼんやり並べたら鏡にえさをやりすぎている

そうだけど体温計が鳴るまでのあいだは好きな星を話して

自転車のサドルをかなり上げたまま返したことを伝えそびれる

ほんとうは売り渡したりしないからたましいなどと花梨のように

柿の皮ほそく散らばる抜けていく秋のちからをとどめなければ

勢いにひねられながら鳴る首の骨のちかさに慣れてひさしく

天井の柄が公民館みたいどこに住みたいわけでもないよ

水をやるわたしが鉢を遠ざかり食べなくなった大葉を枯らす

はじめての犬にまかせた左手は舌にまみれている秋の暮れ

板の間に寝ているような化粧水の匂いのなかを目は覚めていく

かすれた喉のために

よく晴れた午後は寒くて一枚のニットを抜ける風着て歩く

白い布をかすかに鳴らしすべりゆくいくたび四季にさらした髪よ

約束がいまもあるから雪に混む電車に淡く湿布の匂い

あきらめて軽くなる息カフェインのねずみは回し車を走る

気が散ってないとできないことがある脳をちらつくループ・ザ・ループ

ぬるくなりはじめる缶の飲み口に残るココアをすすって捨てる

窓のない部屋の異様にふりかかるライブカメラの粗い粉雪

さびしさを額のなかば一点にささえて夜の小路へ入る

置く皿にすこし遅れてもりあがる台所からあいまいに聞く

呼べば来る人たちが好き大鍋をあふれる湯気は顔をぼやかす

渦に壜すすがせながら逆回しのように減るのは玄関の靴

ぎこちなく利き手の爪を塗りながら意味にならないよう口ずさむ

ふらふらと肺は胸から遠ざかり服薬のあと夜を持てあます

椅子に抱えた膝をほどけば血はめぐる映画にも死を突きつけられて

わたしにはまだ憎めないことだらけ海老満月の欠けていくさま

宵闇のあたりを統べる蠟梅よみずからの香りに透けながら

夢のような暮らしのような夢のあと西陽は冬のシーツへ延びる

たましいが胸にあるなら抜けるのはひときわ長いあくびのさなか

暮れがたに探しあてればこわくなるきみが芝生に失くした鍵を

まかされて当てずっぽうの水たばこどれもおいしい今夜だからね

木の枠に星ちりばめたすりがらすばらばらと鳴り真冬を閉ざす

ねむりの底をうずたかくするぬるい泥に沈みはじめるひとりの素足

忘れても思い出してもまた髪が伸びるのを待つあいだのことよ

いまにくる花粉まじりの風のなか冬のまばらな傷は薄まる

玄関を開けて光にぶちあたるくしゃみのようにかわいいと出る

夜ふかしのあけた小さな穴がある湯に沈めれば泡吹く身体

寒い指を借りた上着におさめたらソラナックスの殻にゆきつく

水ふふむ砂糖を匙はけずりながら雪の湖畔にはるか呼ばれる

手拍子は揃わないから

いれずみになれと願えば水鳥は刻まれているこころの裏に

また冷めた牛乳をあたためなおすこれはわたしの日記ではない

ため息に薬の効きはくすぶらせ花粉わずかな小雨を歩く

紙皿のしょうゆに桜ひとひらのばーかばーかと春はながれる

あぶく銭のような元気をかきまわす向けるレンズがあるからピース

親らしき腕にたやすく持ち上がるみんな子供はさらわれてきた

缶の緑はそのまま味にマウンテンデュー・スプライト・セブンアップよ

ほろ酔いのほころびやまぬなぐさめは追いついてくる夜風のなかを

日程を水から木に書きなおす水を涸らしてあらぶる枝葉

霧雨の髪はかさばるしあわせになれよわたしの傘をぬすんで

アクリルに彫られた文字はすりきれてキーホルダーは鍵の身代わり

起き抜けの素足をぬるい床にあて夜まで歩き続けたいのだ

仄暗い軒はハゴロモジャスミンの焼け跡としてあふれる蔓よ

看板のかがみうつしに嵌められた牛乳店にがらすは残る

遠ければなお存在を増しながらアド・バルーンはまぼろしを吊る

ぶさいくな塔のすがたに鷺ねむる島とは水を出ているところ

草を踏むあいだかすかに聴こえだすトランペットは彼岸を指して

指先にくずれる岬コンタクトレンズ伝いに眼を圧しながら

死ぬよりもいまを歩いている不思議ちらちらと降るオリーブの花

梅雨晴れにゆるくかわいていたシャツは汗ばむように夜更けを揺れる

燃えたがる星よひとたび手にすればピアスは耳を奪いあうのに

伸びきった昼の終わりは暮れていく中野と中野からの各駅

にじむ眼は楯にかまえて聴く歌よ心をひとつにしたくないから

極楽にライブハウスはあるかしらただ音楽を傷つくために

とんかつの衣は剝がれだしているもうきゃべせんを責めたってだめ

別れなどなかったような夢のあとみじかい髪を寝癖は愛す

なまぬるい風にちらつく埋み火の病いはなおも胸にまどろむ

紙の雪たえず舞台に散りながら炎夏をうらむことなき冬よ

ほろほろと叶った夢のおとむらいウクレレをいま抱いているのは

銀はがしこすれば夏になるような薄明にまた目は閉じていく

山階基　やましな・もとい

一九九一年広島生まれ。二〇一〇年に短歌を書きはじめる。早稲田短歌会、未来短歌会「陸から海へ」出身。二〇一六年、第五九回短歌研究新人賞次席。二〇一七年、未来賞（二〇一六年度）受賞。二〇一八年、第六四回角川短歌賞次席、第六回現代短歌社賞次席。二〇一九年『風にあたる』（短歌研究社）上梓。

装幀　名久井直子
装画　高山燦基

夜《よる》を着《き》こなせたなら

二〇二三年一一月一〇日　第一刷発行

著者　山階《やましな》基《もとい》
発行者　國兼秀二
発行所　短歌研究社
郵便番号　一一二－八六五二
東京都文京区音羽一－一七－一四　音羽ＹＫビル
電話　〇三－三九四四－四八二二・四八三三
振替　〇〇一九〇－九－二四三七五
印刷・製本　シナノ印刷株式会社

落丁本・乱丁本はお取替えいたします。

定価はカバーに表示してあります。

ISBN 978-4-86272-750-3 C0092